COMMENT LES DRONES VONT CHANGER NOS VIES...

Illustration de couverture : Alexandre Rodriguez
www.alexr-webdesign.com
Inspirées par Freepik.

©2017. Jean-David Haddad

Edition : JDH Editions
77600 Bussy-Saint-Georges. France
Imprimé par BoD – Books on Demand, Norderstedt, Allemagne

ISBN : 979-10-91879-17-0

Dépôt légal : Août 2017

Comment les drones vont changer nos vies...

Par :

Dimitri Batsis

Olivier Gualdoni

JDH ÉDITIONS   ...1001 RÉPONSES...

1001 RÉPONSES est une collection de courts essais pratiques répondant sans détours à « des questions que tout le monde se pose ».

<u>Publiés à ce jour dans la collection :</u>

— La crise jusqu'à quand ? (2012)
— Comment être rentier sans quitter la France ? (2013)

<u>Autres livres, publiés en 2017 par JDH Editions :</u>

— « Réussir en bourse c'est presque facile ! ». Par Jean-David Haddad, Rédacteur en Chef de Francebourse.com
— « Le trading c'est presque facile ! ». Par Stéphane Ceaux-Duthell.
— « Gagner un contrat ou une médaille, c'est presque facile ! ». Par Gilles Séro.
— « La psychologie du trader particulier ». Par Jérôme Mangin.

1 LES DRONES : MOYEN DE TRANSPORT DE DEMAIN

2 DRONES ET METIERS DIFFICILES

3 LES DRONES VONT-ILS NOUS SURVEILLER, NOUS ESPIONNER ?

4 LES DRONES, HEROS DES FILMS CATASTROPHES DE DEMAIN !

Les auteurs...

Dimitri Batsis a initié le projet Drone Volt actuel en rachetant une petite société de pièces détachées en 2013. Il a ensuite porté et dirigé la société Drone Volt jusqu'en mai 2017. Il en demeure le premier actionnaire, participe aux choix stratégiques et en supervise la R&D. Il avait auparavant fondé et dirigé pendant 20 ans la société Zeni Corporation, spécialisée dans le conseil et la création de sites internet pour des grands comptes.

Olivier Gualdoni est entré comme Directeur Général chez Drone Volt en 2015. Il en est aujourd'hui PDG. Auparavant Directeur Général de Cybergun, il est diplômé d'un master de sciences physiques et d'un troisième cycle de marketing.

Drone Volt est un concepteur et fabricant de drones civils professionnels, côté sur la bourse de Paris et présent dans plusieurs pays, cela en moins de trois ans d'existence. Cette PME de Villepinte a reçu plusieurs prix et trophées dont celui de la CCI de Paris pour l'international, en 2016.

« Les drones aujourd'hui sont comme internet en 1997 ».

Dimitri Batsis

Retrouvez ces auteurs et leurs drones sur

www.dronevolt.com

Au
Préalable...

Drones d'hier, d'aujourd'hui et de demain.

Les premiers drones, contrairement à ce que l'on pense, ne datent pas des années 80 ou 90 mais d'il y a près d'un siècle !

Il s'agissait d'avions télécommandés, sans pilotes, qui ont été expérimentés après la première guerre mondiale, et cela s'est fait en France.

Le drone est donc à la base une invention française.

Entre temps les drones ont beaucoup évolué, pour arriver dans les années 80 à des drones purement militaires, que l'on connait aujourd'hui, qui sont encore en application : drones d'observation, de surveillance, qui peuvent également emporter des projectiles balistiques.

Ce n'est que dans les années récentes que s'est rajouté le drone professionnel civil, qui a surtout vu son essor se confirmer sur les deux dernières années. En France, une société comme Drone Volt fait partie de celles ayant participé à cet essor avec en particulier les drones Hercules à but uniquement civil.

C'est surtout sur l'année 2016 que sont montés en puissance les drones professionnels civils.

Et dans les années qui viennent les drones vont changer nos vies car ils vont continuer d'évoluer, devenir de véritables robots volants… ce qu'ils sont déjà depuis le début en quelque sorte !

Les grandes évolutions qui vont arriver sur les deux années à venir, vont concerner en premier lieu l'autonomie des drones. Les batteries à venir leur permettront de voler de plus en plus longtemps. Dans les dix prochaines années, on peut facilement imaginer un décuplement de la capacité des batteries, ce qui permettra d'arriver à plusieurs heures d'autonomie. Ainsi les drones accompliront des trajets bien plus longs.

Par ailleurs, aujourd'hui, un drone se pilote. Demain un drone ne se pilotera plus mais se programmera. Les ordinateurs commencent déjà à être intégrés à l'intérieur du drone (on parle d'ordinateur compagnon). Ils sont programmés, permettant aux drones d'être beaucoup plus autonomes et d'accomplir la mission qui a été programmée dans l'ordinateur compagnon. Le drone totalement autonome, cela existe déjà, mais sera courant dans les quelques années qui suivent. En attendant cette étape, les gens ne seront bientôt plus présents à cinquante mètres de leurs drones comme c'est encore le cas aujourd'hui ; ils seront derrière des ordinateurs et des écrans de contrôles. Ce n'est qu'ensuite, donc quelques années plus tard, que le drone sera laissé à lui-même.

Enfin, la charge maximale transportable par un drone sera amenée à évoluer et à dépasser de loin le poids d'un humain, ce qui rendra possible le transport de personnes.

Ce sont toutes ces évolutions, qui se font très rapidement et dont on perçoit les germes aujourd'hui, qui feront que demain les drones vont changer nos vies !

Le marché des drones : état des lieux en 2017

Aujourd'hui il existe trois grandes catégories de drones :

-Le drone de loisir, qui coute entre 50 euros et un petit millier d'euros. Ce sont des drones que l'on peut trouver un peu partout, à la Fnac ou dans les centres commerciaux, avec des marques comme Parrot (un français) et DJI (un chinois), qui sont les deux grands leaders sur ce marché, mais il existe aussi de nombreuses autres sociétés chinoises telles que Xiaomi, qui produisent et qui vendent des quantités importantes de drones grand public. La concurrence s'intensifie, la demande du public augmente. Et contrairement à ce qu'on constate sur d'autres marchés de produits technologiques, les prix ne baissent quasiment pas. Pour le moment.

-Les drones militaires, ancêtres des drones, ont quant à eux bien évolué et se sont mis à la page de l'intelligence artificielle. Ils coutent, eux, plusieurs centaines voire millions d'euros.

-Les drones civils professionnels, dont il a été question plus haut, coutent quant à eux entre 15 000 et 100 000€. Cette nouvelle niche de marché concerne les entreprises, les administrations, la sécurité civile, la police, etc. Ce sont des drones qui sont utilisés comme robots volants pour accomplir certaines tâches difficiles pour l'Homme, comme par exemple aller pulvériser un nid de frelons ou encore aller effacer des tags tout en haut d'un édifice ! C'est aujourd'hui le segment de marché qui se développe le plus, la croissance de la demande y étant très forte.

Drones militaires, de loisir ou professionnel, ces petits engins qu'on voit apparaitre au-dessus de nos têtes vont changer nos vies !

Un drone militaire du siècle précédent.

1

LES DRONES : MOYEN DE TRANSPORT DE DEMAIN

Quel que soit votre âge, vous avez tous vu depuis votre enfance, des voitures volantes orner les écrans des films de science-fiction. En fait aujourd'hui, on peut penser que ces voitures seront, dans une réalité qui devient proche, des drones ! L'automobile évoluant à une vitesse grand V vers la voiture autonome, on arrive très vite aux drones dès lors qu'on pense 3D et non plus 2D...

Le drone, mieux que la voiture !

Le drone offre l'avantage, le grand avantage de pouvoir utiliser les trois dimensions de l'espace pour des déplacements courants de tous les jours. Avec les voitures, on évolue sur deux plans, en 2D, donc sur une petite surface. Les déplacements des drones, permettront, comme pour les avions d'utiliser les trois plans de l'espace. On a donc une plus grande surface de déplacements. Toutes les villes et banlieues des métropoles sont saturées de voitures. Grâce aux drones, il sera possible de leur donner en quelque sorte de nouvelles routes sur 3 dimensions. Si on utilise un espace de 150 mètres au-dessus du sol, qu'on sépare les couloirs de circulation par une hauteur de 25 mètres, il sera alors possible de multiplier la surface de déplacement des automobiles par 6 ! Sans même devoir changer d'infrastructures.

On laisse 25 mètres à chaque fois entre les différents couloirs, en fonction des directions. Ainsi, si vous allez vers le nord, vous êtes sur le couloir 25, si vous allez vers le sud vous êtes sur le couloir 50.

On imagine aisément le transport d'objets par drones. Les cadeaux de Noël arrivant sur votre balcon ! Mais aussi et surtout le transport de médicaments, de soins d'urgence dans le cas de catastrophes naturelles. D'ores et déjà, de manière encore confidentielle, une société comme SkyDrone propose de livrer de petits objets par drones. La Poste pourra demain s'y mettre et utiliser des drones pour livrer du courrier ou des colis, surtout dans des zones reculées.

Les airs ne sont pas encore envahis mais cela viendra progressivement... Préparez-vous à cette petite révolution car ce n'est pas de la science-fiction !

Le drone, mieux que l'hélico!

Les drones de transport d'après-demain seront complètement autonomes. On a vu dans l'histoire de l'aviation que c'est souvent avec les hélicoptères qu'il y a le plus d'erreurs humaines. L'ordinateur, surtout sur des navigations qui sont plutôt simples, réfléchit plus vite que l'humain, pouvant analyser plus de facteurs en même temps, simultanément. Ce qui amènera quasiment à zéro les risques d'accidents. De plus, par rapport à l'hélicoptère, le drone a 4 à 8 moteurs et 4 hélices. Ce qui laisse une marge de sécurité. Si une pâle d'hélice casse, ce n'est pas la fin programmée comme dans le cas d'un hélico.

L'idéal sera d'aller vers l'automatisation complète, avec des ordinateurs de vol offrant des programmes complets de navigation.

Le drone, mieux que l'avion !

Le drone comme moyen de transport a des avantages sur la voiture et l'hélicoptère, mais aussi sur l'avion. En effet, avec un avion, il faut des pistes d'atterrissages d'environ 1 km de long, et une certaine largeur, là où un drone qui transportera deux personnes aura besoin de 5 à 10 mètres carrés au maximum pour atterrir… Juste l'équivalent d'une belle bande d'arrêt d'urgence d'autoroute !

De plus, lorsque les drones pourront transporter des personnes et que le droit sur l'utilisation de l'espace aérien aura été révisé (il le sera forcément, car le droit finit par s'adapter), il sera bien plus facile d'avoir son drone de transport personnel que de passer le brevet de pilote et d'avoir son avion personnel !

Les drones ambulanciers : un formidable levier pour la vie !

Les premiers usages des drones en tant que moyens de transport de personnes vont très probablement concerner les ambulances, car c'est un enjeu de santé publique et non seulement de technologie. Il faut aller vite pour transporter un malade ou un blessé et les accidents d'ambulance sont hélas courants. Pour prendre des cas récents et mortels en France : Sevran, Péronne…

Avec le transport de malades ou de blessés par drones, permis par l'accroissement de la charge transportable, finis les accidents !

Une meilleure sécurité que la route, mais aussi une meilleure rapidité que les hélicoptères.

En effet, les drones ambulanciers seront stationnés sur les parkings des hôpitaux, alors que les hélicoptères doivent être sur leurs bases et venir vers l'hôpital. Les drones ambulanciers, sans aller très vite (la vitesse ne devrait pas excéder 100 km/h) détiendront le record de rapidité pour secourir des vies. Décollage et atterrissage plus rapides que l'hélico, et contrairement aux ambulances, pas d'embouteillages dans les airs. De plus, un drone ambulancier ne prendra pas une place énorme. Ni lorsqu'il sera parqué sur terre ni lors de ses déplacements dans l'air. La taille d'une voiture. Peut-être un peu plus large en raison des hélices...

Fiabilité accrue, rapidité des secours... Le drone a tous les avantages pour demain sauver plus rapidement des vies. Des expériences sont menées en la matière, en Suède ou aux Etats-Unis. Des prototypes ont même été réalisés *(cf. illustration p.26)*. Des chercheurs suédois ont estimé que sur un parcours moyen le drone offrait un gain de temps de 16 minutes par rapport à une ambulance. Or 16 minutes est une éternité pour un patient subissant un arrêt cardiaque... Les chercheurs suédois en question ont même imaginé équiper les drones ambulanciers de mini-défibrillateurs !

A ce jour l'obstacle reste d'ordre financier car un drone ambulancier pouvant transporter un malade couterait environ un million de dollars.

Simulation d'une scène de sauvetage par un drone ambulancier, réalisée par l'Agence ArgoDesign (www.argodesign.com), qui a créé le prototype de ce drone ambulance.

2

DRONES ET MÉTIERS DIFFICILES

On voit bien qu'aujourd'hui les drones commencent de plus en plus à faire partie de nos vies, et pas uniquement ceux que l'on peut utiliser avec ses enfants dans le jardin, pour s'amuser, pour piloter pour prendre quelques images. Non… les drones commencent à faire leur entrée dans l'industrie.

Les drones viennent aider les personnes qui travaillent dans des milieux un peu difficiles, qui ont des métiers difficiles, souvent perchés en hauteur.

Une catégorie de drones va particulièrement assister l'Homme dans ses tâches les plus pénibles : les drones sprays, qui comme leur nom l'indique, permettent de pulvériser. Pulvériser de la peinture, des produits, sur de petites ou de moins petites surfaces… mais toujours en vue d'aider l'Homme.

Du nettoyage à la peinture.

Le nettoyage est un secteur qui a vraiment été moteur dans le développement du drone, puisqu'une des premières utilisations du drone spray était de pulvériser de l'eau afin de nettoyer soit des toits, soit des baies vitrées. Pour une société comme Drone Volt, cela a été un des premiers développements. Ensuite les drones de Drone Volt sont devenus beaucoup plus gros et rigides, pouvant donc supporter des pressions beaucoup plus importantes à la sortie du « gun spray », puisque l'on arrive maintenant à faire des drones qui peuvent facilement supporter des pressions de 100/150 bars à la bouche du pistolet qui pulvérise l'eau.

Cette activité de nettoyage va de pair avec la peinture. Parce que le drone se développe énormément dans le milieu du bâtiment, pour du nettoyage mais aussi pour seconder les peintres. Le drone commence en effet maintenant à peindre, à des endroits qui ne sont pas accessible pour l'homme ou qui sont dangereux pour l'homme. Et demain, l'amélioration des drones vers l'autonomie permettra d'aller plus loin dans ces tâches.   En effet, si aujourd'hui vous souhaitez peindre un mur avec un drone spray haute pression, il faut que vous soyez à une distance fixe du mur. Le pistolet devant se trouver entre 40 et 50 cm du drone, on peut très bien imaginer qu'un pilote puisse maintenir cette distance pendant quelques minutes, voire un quart d'heure, mais en général avec la baisse de l'attention, le drone va à un moment ou à un autre heurter la paroi, c'est certain. Demain il est plus qu'envisageable, puisqu'on est déjà sur ces développements-là, que le drone soit pré programmé, donc on programmera le trajet du drone le long de la paroi avec la distance de sécurité entre le drone et le mur. Et le pilote ne fera plus que de la gestion de vol. Il sera là pour intervenir si jamais il y a un problème, si le tuyau se coince quelque part. Le drone autonome ne supprimera pas un emploi, car le pilote sera toujours indispensable pour prendre les décisions, en cas de problème technique, de dysfonctionnement, ou pour prendre le contrôle du drone et récupérer la situation si nécessaire.

On peut aussi imaginer des drones pour enlever les tags, à partir du moment où les tags ne sont pas accessibles ou difficilement accessibles.

Dans l'agriculture, la tâche de l'Homme sera facilitée par l'utilisation de drones sprays conçus pour la pulvérisation précise et rapide de pesticides liquides ou d'engrais.

Drones tueurs d'insectes nuisibles.

Le drone peut aussi dès aujourd'hui, et le pourra plus encore demain, remplacer l'homme dans des environnements toxiques ou hostiles. Ou l'aider, le seconder.

Reprenons les drones sprays. Ces derniers ne servent pas qu'à peindre, mais aussi à lutter contre la prolifération des larves de moustiques dans des pays tropicaux, mais pas uniquement tropicaux puisqu'il y a désormais des moustiques dangereux, on l'a bien vu, même autour des grands aéroports. Moustiques qui sont vecteurs de maladies tropicales extrêmement nocives.

Le drone spray aide aussi à la destruction de nids de frelons. Evitant à l'Homme de devoir monter masqué, casqué, sur une échelle pour aller tuer des frelons !

Aider ou remplacer l'Homme ?

Tout cela étant dit, il faut bien avoir à l'esprit que le drone n'est pas fait pour être utilisé sur des surfaces où il est facile d'accéder. Le drone d'aujourd'hui et d'un futur proche est vraiment fait pour travailler sur des surfaces ou des petites surfaces ou des surfaces limitées, difficilement accessibles. Toitures biscornues par exemple. Le drone n'a pas vocation à remplacer l'Homme dans ses tâches de peinture ou de nettoyage mais à le seconder, l'aider quand cela devient difficile, afin de réduire la pénibilité et les risques professionnels. Pulvériser des pesticides par exemple n'est pas un travail agréable !

Et si à plus long terme, le drone venait effectivement à remplacer l'Homme, pourquoi se plaindre du fait que des métiers difficiles ou risqués puissent alors être supprimés ? Nettoyer des toitures en risquant une chute est-il agréable ? Des métiers seraient supprimés, peut-être… mais d'autres seraient créés pour planifier les tâches des drones ! La destruction créatrice chère à Schumpeter !

Drone pulvérisateur réalisé par Drone Volt, à usage de nettoyage de toitures.

3

LES DRONES VONT-ILS NOUS SURVEILLER, NOUS ESPIONNER ?

Allons-nous être surveillés davantage par les drones ? C'est sûrement une des questions qui vous est venue en tête lorsque vous avez vu la couverture de ce livre !

Drone et vie privée

En préambule, on peut affirmer que cela fait déjà des décennies que nous sommes surveillés… et pas par des drones ! Nous avons tous un téléphone portable, et savons très bien que la plupart des téléphones portables permettent d'être géo localisés. Cela fait donc déjà bien longtemps que chacun de nous peut être géo localisé et surveillé. La police en sait quelque chose !

Maintenant il est certain que le drone, qui est un vecteur de déplacement, qui peut bien sûr emporter une caméra, pourrait favoriser les indiscrétions. Une règlementation qui a été mise en place, interdit à tout particulier ou à tout professionnel de faire des photos ou des films sans autorisation des gens qui figureraient sur les photos ou sur les films.

Ça fait déjà plusieurs années que la règlementation française, qui est du reste moteur du point de vue européen, interdit et préserve la vie privée des gens. Et tout indique que cette voie sera poursuivie.

Par ailleurs, sans même parler de photos ou de vidéos, les drones sont interdits au survol des zones habitées. Pas seulement, d'ailleurs pour des raisons de discrétion, mais aussi pour empêcher que les drones ne tombent sur la tête des gens, pouvant provoquer, avec l'altitude, des chutes et des accidents ! Si on prend l'exemple de Paris, tout type d'aéronef y est interdit à moins de 2000 mètres d'altitude. Et cela par une loi de... 1948 !

Cependant il y aura toujours des gens qui ne respecteront pas les règlementations et à ce moment-là, ces gens seront verbalisés. Si tant est qu'une plainte soit déposée. Bref, les drones peuvent donner du travail à la police et aux avocats !

Et la surveillance institutionnelle (Par l'Etat) ?

La surveillance entre citoyens c'est une chose... Mais la surveillance par l'Etat en est une autre. La question est de savoir si les drones vont donner à l'Etat un levier supplémentaire sur le contrôle de la population.

Il est vrai que le drone est un outil fantastique pour cette surveillance-là, à partir du moment où elle est autorisée par la justice. Ne voyons pas d'emblée le mauvais côté des choses. C'est un outil de surveillance qui peut être favorable à la sécurité des citoyens, puisqu'aujourd'hui on est face à une vraie problématique de sécurité, en particulier une problématique liée au terrorisme, et le drone de surveillance peut justement aider les pouvoirs publics à surveiller des terroristes potentiels. C'est finalement un nouvel outil qui est apparu, donc il faut encadrer et légiférer pour qu'il soit correctement utilisé, mais ça ne reste qu'un outil.

Dans certains pays, des dictatures, il va sans dire que le drone sera probablement un formidable moyen de contrôle de l'Etat sur la population : localisation, activité, enregistrements de conversations. On peut tout imaginer ! Surtout avec des drones de plus en plus réduits, tels les RoboBees et leurs futures évolutions : des drones qui ressemblent à s'y méprendre à des insectes… se posent près de vous, sans que vous ne perceviez la différence avec un insecte, et se rechargent pendant qu'ils se posent grâce à l'électricité statique. Dans nos pays démocratiques, si des abus étaient commis, on peut facilement imaginer des levées de boucliers de la part d'associations, de partis politiques, d'organes de presse…

Des drones radars pour les excès de vitesse ?

Les drones radars on en parle. Les fabricants de drones sont probablement approchés par les pouvoirs publics car il faut bien qu'ils se fournissent quelque part ! Pour le moment la volonté ne semble pas aller dans le sens d'une utilisation des drones pour des radars, mais par contre pour surveiller des voitures qui commettraient des infractions tels que griller des feux rouges ou franchir des bandes blanches... Les forces de l'ordre, au jour d'aujourd'hui, sont vraiment dans cette optique, car de vrais radars seront nettement plus compliqués à mettre en œuvre. En effet, il faut que les radars soient homologués, il faut que le drone radar soit stationnaire, ce qui est certes techniquement possible mais couteux et visible. Par ailleurs, il y a une question d'angles entre le drone et la voiture... Ce n'est donc pas aussi simple que bonjour ;

aujourd'hui il est possible mais encore difficile de placer dans les airs des drones radars pour vérifier la vitesse des automobiles. Mais cela se fera probablement un jour… qu'on se le dise.

Quand on pense drone, on pense souvent au mal. Les drones peuvent aussi permettre, sur la route, de faire de la prévention.

La société Drone Volt est approchée, assez régulièrement, par les sociétés qui exploitent le réseau autoroutier français. L'idée est d'avoir un périmètre sous surveillance visuelle par drones, et donc des retransmissions dans les quartiers généraux, où les décideurs pourront prendre les bonnes décisions en cas d'accident. Voire en cas de trafic problématique pouvant générer des accidents.

Demain, il y a fort à parier que la prévention des accidents autoroutiers soit nettement améliorée grâce aux drones.

En conclusion, ne paniquez pas si vous voyez des drones voler au-dessus de vous sur autoroute ! Cela peut être simplement pour prévenir un accident. Ou pour vous secourir plus rapidement si vous vous trouvez coincé dans un carambolage.

Une libellule ou un drone espion?...

4

LES DRONES, HEROS DES FILMS CATASTROPHES DE DEMAIN !

Il y a fort à parier que les films catastrophes de demain et d'après-demain mettent en scène des drones affublés de petits noms sympathiques… Car ces engins ont vocation à devenir les héros du sauvetage de vies humaines aussi bien lors de catastrophes terrestres que maritimes !

Sur terre…

Nos voisins italiens ont récemment été confrontés à de graves séismes. Ce genre de catastrophes naturelles est hélas courant et rien ne laisse augurer d'une diminution de leur nombre dans les années à venir.

A la suite d'un tremblement de terre, toutes les infrastructures ou presque, sont malmenées voire détruites. Donc, absence de communications téléphoniques. De plus, il est extrêmement difficile aux secours d'accéder, même par voie terrestre, sur le lieu du sinistre, et donc d'avoir une vue relativement objective de la situation.

Une société comme Drone Volt a développé un drone, qui s'appelle le drone Hercules 5UF, qui permet d'avoir un vol stationnaire sur une durée extrêmement longue, même illimitée puisqu'il est relié à un transformateur via un fil relié lui-même à un générateur. A partir de ce drone il est possible d'avoir une vue générale du sinistre, afin de pouvoir planifier les lieux d'intervention, qui pourront d'ailleurs elles-mêmes demain se faire par drones. De plus, il est désormais possible d'installer sur les drones des relais de télécommunications, permettant, dans le cas où il n'y a plus d'infrastructures, de recréer très rapidement tout un réseau de télécommunications afin de synchroniser l'intervention des secours. On peut très bien imaginer que les régions possèdent quelques drones afin de les déployer en cas de sinistre, via un maillage de drones. Cela permettrait de parfaitement maitriser la situation ou tout du moins d'en avoir connaissance afin de pouvoir coordonner les secours sur des surfaces relativement importantes, allant jusqu'à plusieurs centaines de kilomètres carrés.

Aujourd'hui déjà on commence à voir les pompiers ou la sécurité civile utiliser ce type de drones. On peut imaginer qu'en cas d'incendie d'une tour comme celle de Londres, en juin 2017, l'utilisation de drones permette de rendre bien des services. On peut penser également à la surveillance des feux de forêt, si ravageurs, aux glissements de terrains, et à tout ce qui concerne la prévention d'une manière générale.

En mer...

L'univers maritime est aussi concerné par le développement et les progrès des drones. Dès aujourd'hui existent des drones marins et même des drones sous-marins. Un créneau sur lequel s'est lancé par exemple un géant comme Thalès, avec toutes les applications militaires que l'on peut imaginer.

Drones terrestres ou sous-marins, ils pourront demain rendre bien des services en mer.

Aujourd'hui, la surveillance et le secours en mer se font principalement par des hélicoptères, mais se développent déjà des solutions de recherches et de secours via drones.

Cela permettrait demain à chaque ville ou village près de la mer d'avoir à disposition une petite armada de drones. Ainsi, en cas de naufrage ou de personnes qui disparaissent sur la plage, des recherches pourraient être lancées immédiatement, sans attendre l'arrivée d'un hélicoptère qui n'est pas forcement disponible. Lancer des recherches immédiatement et pouvoir sauver des vies. Voilà l'enjeu !

Noyade imminente ? Le drone vous repère et vous envoie la bouée de sauvetage !

Pour conclure...

La technologie fait peur. A toujours fait peur en même temps qu'elle a fait et fera rêver. Oui, les drones vont davantage nous surveiller. Oui, les drones vont remplacer des hommes. Oui les drones vont envahir notre espace aérien. Tout cela dans un futur de moyen terme. Disons au cours de la prochaine décennie (les « années 20 »).

Mais pourquoi toujours voir le verre à moitié vide ?

Les drones vont aussi soulager ceux qui font les métiers les plus difficiles, les plus ingrats, les plus risqués, les plus dangereux. Les drones vont certes nous surveiller mais si c'est pour prévenir les accidents ou les feux de forêt, n'est-ce pas une bonne chose ? Les drones vont certes envahir l'espace aérien mais quelle facilité pour le transport d'objets et quel espoir pour celui qui a une crise cardiaque !

Oui, le drone va améliorer nos vies. C'est dans ce sens-là que les drones vont changer nos vies. Le drone ne doit pas nous faire peur car son utilisation sera de plus en plus encadrée par les pouvoirs publics, ils ne pourront pas être utilisés de façon anarchique. Le droit de la navigation aérienne devra d'ailleurs être revu.

Demain les drones… Comme demain les robots, demain l'intelligence artificielle, demain les objets connectés. D'ailleurs un drone n'est-il pas un robot volant, connecté et demain pourvu d'une intelligence artificielle ?

L'histoire de l'Homme s'accélère… Mais il lui appartiendra de ne pas se laisser dépasser par les outils qu'il crée… Les drones en font partie.

Demain : une nouvelle signalisation !